LE DÉVOUEMENT

DES

MÉDECINS FRANÇAIS

ET DES

SŒURS DE SAINT-CAMILLE ;

HOMMAGE A LA VERTU.

PAR MADAME DUFRÉNOY.

CET OUVRAGE EST VENDU AU PROFIT
DES SŒURS DE SAINT-CAMILLE.

PARIS.

DELAUNAY, LIBRAIRE,
AU PALAIS-ROYAL ;
A. EYMERY, LIBRAIRE, RUE MAZARINE, N° 30 ;
ET CHEZ TOUS LES MARCHANDS DE NOUVEAUTÉS.

1822.

LE DÉVOUEMENT

DES

MÉDECINS FRANÇAIS

ET DES

SOEURS DE SAINT-CAMILLE;

PAR MADAME DUFRÉNOY.

PARIS.

DE L'IMPRIMERIE DE J. TASTU,

RUE DE VAUGIRARD, N° 36.

1822.

LE DÉVOUEMENT

DES

MÉDECINS FRANÇAIS

ET DES

SOEURS DE SAINT-CAMILLE.

***

Fʀᴀɴᴄᴇ, terre féconde en généreux courages,
Tes rois, tes citoyens, tes guerriers et tes sages,
S'offrent de siècle en siècle à l'univers surpris ;
D'une gloire sans tache ils disputent le prix.
Mais les premiers d'entre eux sont les mortels sublimes,
Qui, de l'humanité volontaires victimes,
De tendresse pour elle ont des trésors ouverts.

Humble dans les succès, radieux dans les fers,

Modèle des chrétiens, et des princes modèle,
Louis, qu'une foi vive embrâse d'un saint zèle,
Sur les rives du Nil est salué vainqueur :
Tout-à-coup la fortune a trahi son grand cœur.
Ses sujets, moissonnés par le fer des batailles,
Sous ses yeux paternels restent sans funérailles (1) :
En vain pour son armée il implore un tombeau ;
Ce mal contagieux, cet horrible fléau,
Qui glace de terreur les vertus de la terre,
Abandonne à la mort les débris de la guerre.
Mais le héros du ciel, dans le public effroi,
Se souvient qu'il est homme, et surtout qu'il est roi.
Devant le Sarrasin qui l'admire et l'outrage,
Il parcourt, il bénit la scène du carnage,
Et vole ensevelir ses valeureux soldats
Que guidait l'oriflamme au milieu des combats.

Ombre d'un grand monarque, ombre auguste et chérie,
Du séjour des heureux regarde ta patrie !
Fidèle à tes vertus, et brillant de valeur,
Ton peuple a conservé le culte du malheur.

Vois Belzunce ravir aux fureurs de la peste (2)
D'une vaste cité le déplorable reste ;
A l'un rendre la vie, à l'autre ouvrir les cieux.
D'une palme si pure émule ambitieux.
Vois le sage Rotrou, l'ami du grand Corneille (3),
Oublier le succès d'une noble merveille,
Et courir présenter, sans faste et sans effort,
Ses soins à la patrie et sa tête à la mort.
Ah ! toujours les Français sont ta fidèle image ;
La grandeur du péril agrandit leur courage :
Mourir en citoyens, expirer en soldats,
Arracher tout un peuple à l'horreur du trépas,
Ta vertu leur a fait ces hautes destinées !

Un long cri de douleur descend des Pyrénées.
Fléau du Nouveau-Monde, un mal contagieux,
Sur les ailes des vents porté sous d'autres cieux,
Et sorti tout-à-coup de sa prison flottante,
Au milieu de l'Espagne héroïque et tremblante,
De ses noires vapeurs empoisonne les airs (4).
Dans Barcelone en deuil les temples sont déserts :

Sa voix et ses regards se tournent vers la France,
Vers ce pays d'honneur, de gloire et d'espérance.

Où courez-vous, BALLY, FRANÇOIS et PARISET?
Où vas-tu sur leurs pas, intrépide MAZET?
Conserve tes secours à ta mère éplorée;
Pour un fils vertueux une mère est sacrée.
Quand BELZUNCE et ROTROU bravaient le noir fléau,
L'un secourait sa ville et l'autre son troupeau.
Loin du pays natal, si la mort vous moissonne;
Demeurez.... Vains discours!... ils ont vu Barcelone;
Et sur le seuil fatal qu'assiége le trépas,
Des cadavres debout tendent vers eux les bras.

Quel spectacle, grands dieux! La ville dépeuplée
Présente à leurs regards un vaste mausolée!
Aux vaisseaux voyageurs on a fermé les ports:
L'airain n'a plus de voix pour gémir sur les morts.
On voit de tous côtés, sans pompe et solitaires,
S'avancer lentement, et les chars funéraires.

Et les saints confesseurs, qui d'un zèle pieux,
Assurent aux mourans les promesses des cieux.
Cependant des cercueils, mesurés pour tout âge,
Poursuivent les vivans d'un funeste présage :
Hâves, pâles, défaits, de malheureux vieillards
Sur le lit sans espoir fixent des yeux hagards ;
Il semble à leur terreur que du fond des ténèbres
S'élèvent les accens de leurs hymnes funèbres.
Un groupe d'enfans nus que nourrit un pain noir (5),
Écoutent sans entendre et regardent sans voir.
Leurs parens ne sont plus, peut-être ils vont les suivre :
Ah ! pour les orphelins, est-ce un bonheur de vivre ?
De fatigue accablé, sur une bière assis,
Un saint prêtre dormait : « Sauve, sauve mon fils,
Il demande son Dieu, s'écriait une mère ;
Hélas ! me rendra-t-il l'appui de ma misère ! »
L'homme sacré la suit..... Mazet, tu les entends,
Et dans un lieu d'horreur avec eux tu descends.
Une mère qui prie, une mère en alarmes,
Qui sur un fils mourant laisse tomber des larmes !
Tu tressailles, Mazet ! ô jeune infortuné,
A ne plus voir la tienne es-tu donc condamné ?

Mais je parle, et Tortose a péri tout entière (6) !

Le mal étend au loin sa fureur meurtrière.

Quelle est donc sa nature et d'où vient son pouvoir ?

Mystère impénétrable, il résiste au savoir,

Et semblable et divers il confond la prudence.

L'un tout-à-coup soumis à la noire influence,

Meurt d'un feu dévorant par la fièvre allumé :

L'autre glacé, muet, livide, inanimé,

N'offre à l'œil effrayé ni la mort ni la vie :

Mais toujours du trépas la souffrance est suivie.

Nos héros toutefois prodigues de leurs jours,

Volent où le danger implore des secours.

Près du lit de douleur ils devancent l'aurore,

Près du lit de douleur le soir les trouve encore.

Au chevet d'un vieillard, dans la nuit appelé,

MAZET court : le venin dans son sang a coulé.

Ses traits sont convulsifs et sa langue rebelle ;

Il s'avance, il hésite, il pâlit et chancelle.

Il sent la mort rapide approcher de son cœur,

Et déjà, presqu'éteint, son œil observateur,

Fixé sur le vieillard, à son heure suprême,

Suit les progrès d'un mal qui l'a frappé lui-même.

Bientôt il a vécu. Dans ses derniers momens,
Il impose silence aux vains gémissemens.
Un seul penser lui rend la coupe trop amère :
On l'entend soupirer : « O ma mère ! ma mère ! »
Dors au tombeau lointain, victime du devoir ;
Si dans un fils ta mère a perdu son espoir,
Un peuple tout entier console sa tendresse (7);
Un prince généreux adopte sa vieillesse (8);
Et du plus tendre fils l'héroïque vertu
Prêtera quelque force à son cœur abattu.

Ses nobles compagnons, témoins de son martyre,
Le soutiennent encore au moment qu'il expire.
Ils donnent en pleurant des regrets à son sort,
Et courent plus hardis lutter contre la mort.
Pariset, Pariset, la voilà sur ta tête !
Trop courageux Bally, je t'en conjure, arrête (9),
Et suspends tes travaux. Le mal envenimé
Fermente avec fureur dans ton sang enflammé.
O qui soulagera la triste Barcelone ?
François reste, François, qu'aucun péril n'étonne,

Les remplace tous trois, et seul dans la cité,
Rassure en leur absence un peuple épouvanté.

O pouvoir de l'exemple ! un jeune et docte élève (10)
A ces hautes vertus s'associe et s'élève :
Tandis qu'un autre sage, ami de leur danger (11),
Se dévoue avec eux pour un peuple étranger !

Eh quoi ! tant de travaux, tant d'actions sublimes
N'ont pu fléchir la mort et fermer ses abimes !
Femmes, enfans, vieillards, pontifes des autels
Ont péri tour à tour : mais leurs restes mortels
Demandent sans espoir quelques honneurs suprêmes.
Par la crainte accablés, renfermés en eux-mêmes,
Les vivans ont perdu toute pitié des morts :
Le pauvre ne veut plus ensevelir les corps :
Il tremble d'acheter le pain de la journée,
En touchant leur dépouille au cercueil condamnée.
Ton exemple, ô saint roi, parle à des cœurs français,
Et les morts dans la tombe ont retrouvé la paix (12)

Tendre compassion, trésor des belles ames (13).
Tu changes en héros même de simples femmes.
Ton instinct adorable et du ciel émané,
Cherche, devine, entend, secourt l'infortuné.
Le séjour du malheur a pour toi des délices ;
Le cachot le plus sombre a vu tes sacrifices.
Ainsi, dans le secret, deux anges de bonté,
Écoutant de leur cœur l'ardente charité,
Veuves des saints autels, veuves de leurs compagnes,
Ont traversé la France, ont gravi les montagnes.
Qui peut les effrayer ? Sur leur sein est la croix ;
Sous l'aile du Seigneur, conduites par sa voix,
La piété les porte aux murs de Barcelone ;
Là brille à leurs regards la céleste couronne.
Opposant la prière au poison dévorant,
Elles vont jour et nuit du malade expirant
Adoucir les douleurs, purifier la couche :
La parole de Dieu, si douce dans leur bouche,
Arrive plus touchante au cœur désespéré,
Qu'un pur rayon des cieux a soudain éclairé.

Est-ce le chaste encens des vierges de la terre
Qui du ciel irrité désarme la colère ?

Elle s'apaise enfin : un air réparateur
Éloigne par degré le fléau destructeur :
D'un art victorieux il reconnaît l'empire.
La terreur a cessé : Barcelone respire.
De ses libérateurs, échappés au trépas,
Vers le pays natal elle conduit les pas ;
Et sur le haut des monts qui séparent la France,
Des lieux où s'élevaient et Sagonte et Numance,
Deux peuples que rapproche un bienfait solennel,
Ont répété les mots d'un monarque immortel (14).

NOTES.

---

(1) **Sous ses yeux paternels restent sans funérailles.**

Après la reprise de Damiette par les Sarrasins, une maladie contagieuse enleva une grande partie des soldats de Louis IX. Personne n'osait s'approcher des morts ; le roi, à diverses reprises, chargea les cadavres sur ses épaules, et les porta dans les fosses ouvertes pour les recevoir.

(2) **D'une vaste cité le déplorable reste.**

Belzunce apprenant que la peste ravageait Marseille, siége de son évêché, se rendit à la hâte dans cette ville dont il se trouvait alors très-éloigné, et il n'en sortit que lorsque ses soins l'eurent délivrée de l'horrible fléau. Il montra, dans cette malheureuse circonstance, la générosité d'un prince et le zèle d'un apôtre.

(3) **Vois le sage Rotrou, l'ami du grand Corneille.**

Rotrou, lieutenant civil du bailliage de Dreux, s'arracha de Paris, où il jouissait du triomphe de sa tragédie de *Venceslas*, pour aller à Dreux, sa patrie, désolée par la peste, secourir ses compatriotes. Il mourut victime de son dévouement.

(4) De ses noires vapeurs empoisonne les airs.

La fièvre jaune avait été apportée sur des vaisseaux venus d'Amérique, qui stationnaient dans le port de Barcelone ; son venin se développa tout-à-coup dans une fête navale donnée par les Cortès.

(5) Un groupe d'enfans nus, que nourrit un pain noir.

Les enfans n'avaient point encore été atteints de la contagion, et la ville était remplie d'orphelins dénués de tout, sans vêtemens, et qui recevaient de la Junte le pain de la charité.

(6) Mais je parle, et Tortose a péri tout entière !

A Tortose, la population tout entière fut emportée par la contagion. Les émanations pestilentielles formaient une nuée qui s'étendait au-dessus de la ville ; non-seulement les hommes, mais les animaux, succombaient. Un troupeau de cinq cents moutons y ayant été conduit fut asphyxié ; et le lendemain, il ne restait plus que dix-sept de ces animaux.

(7) Un peuple tout entier console sa tendresse.

Aussitôt que la nouvelle de la mort de Mazet fut arrivée à Paris, on ouvrit plusieurs souscriptions en faveur de sa mère ; et dès le lendemain, des personnes de toutes les classes se pressèrent de répondre à ce généreux appel.

(8) Un prince généreux adopte sa vieillesse.

Le Roi a fait présenter à la Chambre des Députés un projet de loi pour accorder une pension de deux mille francs à la mère de

M. Mazet, ainsi qu'à MM. Pariset, Bally, François et Audouard. Le même projet alloue une pension de cinq cents francs aux sœurs de Saint-Camille, Joséphe Morelle et Anne Merlin, et une semblable à M. Jouarry, élève interne de l'Hôpital de Perpignan. Ces pensions ont été accordées.

(9) Trop courageux Bally, je t'en conjure, arrête.

MM. Pariset et Bally ont failli être victimes de la fièvre jaune, dont ils furent attaqués en même temps. Pendant huit jours, le docteur François resta seul pour visiter les malades de la ville et ceux des hôpitaux, pour recueillir les symptômes, examiner les cadavres, et prendre des notes sur chaque objet de ses observations.

(10) A ces hautes vertus s'associe et s'élève.

M. Jouarry accourut offrir ses soins à M. François. Il partagea les dangers des médecins de la commission, et fut attaqué de la fièvre jaune : sa maladie retarda de huit jours la rentrée des médecins français dans leur patrie.

(11) Tandis qu'un autre sage, ami de leur danger.

M. Audouard, médecin des armées, sollicita et obtint la permission d'aller rejoindre ses collègues à Barcelone.

(12) Ton exemple, ô saint roi, parle à des cœurs français.

Les fossoyeurs refusaient d'enterrer les corps, dans la crainte d'être frappés de la contagion. Une quarantaine de Français se chargèrent de ce soin dangereux : vingt d'entre eux périrent victimes de leur dévouement.

(13) Ont traversé la France, ont gravi les montagnes.

Les deux sœurs de Saint-Camille , dénuées d'argent et de secours , sont allées à pied à Barcelone pour y soigner les pestiférés.

(14) Ont répété les mots d'un monarque immortel.

Au moment où PHILIPPE V monta sur le trône d'Espagne ,
LOUIS XIV dit : « Il n'y a plus de Pyrénées. »

DE L'IMPRIMERIE DE J. TASTU,

RUE DE VAUGIRARD, N° 36.

9 782329 619736